L'HYVER
SATYRE NOUVELLE.

L E Soleil difpaioît , & la noire froidure
De fes frimats épais afflige la nature ;
Il ne refte aux Vergeis, de ce qu'elle y produit,
Que rameaux dépoüillez de feüillage , & de fruit.
Les oifeaux dans les bois ont ceffé leurs ramages.
Il ne paroît au ciel que de fombres nüages.
Et par tout la campagne eft , au lieu de moiffons
Couverte triftement de neige & de glaçons.
L'Aquilon déchaîné fur la terie , & fur l'onde
A fes froids tourbillons fait ceder tout le monde,
On voit le laboureur oifif à fon foyer ,
Le Pilote aborder , & fes voiles plier ,
Toute l'Europe armée interrompte la guerre.
Dans les Villes chacun révient , & fe refferre.
On arrive à Paris de mille endroits divers ,
Et Paris n'eft pas même affez grand les Hyvers.
Mufe , c'eft-là qu'il faut auffi que je m'arrête ;
Je vois que l'air par tout menace de tempête.
   Le manceau , le Picard & le rufé Normand
Ont déja vû pour eux ouvrir le Parlement.

A

Déja plus de vingt fois le Procureur avide
Les a vûs de chez luy sórtir la bourse vuide,
On ne rencontre plus que le solliciteur
Qu court pour attraper l'heure du Rapporteur ;
Et le Plaideur tremblant , pour presser son affaire ,
Fait, l'argent à la main, la cour au Sécretaire.

La jeunesse à present va, la raquette en main ,
S'échaufer à pousser des bales chez *Jourdain.*
Et dans tous les billards , dans les Academies
S'assemblent des filoux les cabales hardies.
Mais le vieillard frilleux qui n'aime plus le jeu ,
Pour prolonger ses jours n e quitte point le feu ,
Quand les Curés, avant que la saison finisse ,
Comptent , s'il a du bien , de fairé son service.

Les quais ne sont bordés que d'importuns chartiers,
Le Bourgeois diligent accourt dans les chantiers ;
De bois neuf, ou floté, que le Mouleur mesure,
Pour cette âpre saison il fait sa fourniture.

Pelerin a déja fait aux oisifs devots
Afficher le Recueil de ses Noëls nouveaux.
Les devotes , le soir par un loüable usage
En ont durant l'Avent amusé leur ménage.
La Messe de minuit vient par tout de sonner.
Le cabaret attend le monde à déjeuner.
En cette sainte nuit jusqu'au filou se presse
D'aller à Nôtre-Dame entendre la grand' Messe.

Le Moine revenu de prêcher son Avent ,
A raporté le gain des Sermons qu'il revend ,
Chez *Richard* , chez *Dadure* il va d'un zele extrême
En acheter encor pour le prochain Carême,

Des Païs ennemis, l'Officier de retour

Chez les Parisiens rallume son amour ;

Dans cet heureux climat, où regne la molesse,

Il calme ses travaux auprés de sa maîtresse.

Les soldats bazanez, abandonnant leurs Camps,

Sont revenus peupler la ville de brigans ,

Et cent bandis, comme eux, sans biens & sans ressources

Viennent en ces quartiers faire la guerre aux bourses.

Nous donc nouveaux venus, parmi tant d'Etrangers

Passant le mauvais temps, évitons les dangers.

J'entend battre par tout la caisse dans les ruës ,

L'homme vend l'homme icy, pour faire des recruës,

Dans ces reduits obscurs vis-à-vis le Palais,

On voit souvent de force enfourner des laquais,

Et j'aperçois toûjours quelque Breteur qui guéte,

Dans la ruë ou du Foin, ou bien de la Huchette.

Là, quelque chers que soient les vivres, & le bois,

Les Auberges déja sont pleines jusqu'aux toits.

Par tout où j'ay les yeux mon idée est troublée

De cet amas confus dont la Ville est peuplée.

Messaline , *Lucrece* , honnête homme , coquin

Sans cesse y passent tous par le même chemin.

Comme sur un théatre en masquant son visage,

Chacun tâche à qui mieux joüera son personnage ;

Et moy qui vas & viens , & qui ne fais qu'crier,

J'y joüe aussi mon rôle , & j'aime à censurer.

Ainsi de ruë en ruë exerçant ma Satyre ,

Quelque fois en passant rien ne me fait plus rire

Que cent sotes & sots de toutes les façons

Affectans de vains airs dans leurs nouveaux manchons,

Que cent Clercs, cent Courtauts de mine basse, & plate
Qui font les gros Seigneurs en manteau d'écarlate,
Comme on vit autrefois certain Geay s'ignorer,
Et des plumes du Pan sotement se parer.
Il est vray que par tout cette couleur impose,
Et qui ne prendroit pas ce fat pour quelque chose,
Si l'on ne sçavoit point qu'aux gages de *Thierry*
De ses additions il gâta *Morery*.
Il gâta dira-t-on, c'est un trait de l'envie,
Dans ce temps comme on peut, on arrache sa vie.
D'ailleurs il est habile, & d'un esprit profond,
La généalógie, il la possede à fond,
Et par-là finement devenu parasite
Il atrape à dîner chez les Grands qu'il visite,
Et vend au premier fat, qu'il sçait de qualité,
Dans ce Dictionaire une immortalité.

  Mais je suis indigné du train d'une famille
Dont la tige a quitté depuis peu la mandille,
Qui se mocque aujourd'huy des rigueurs de Janv'er,
Et fait voir en carosse un gros & gras Fermier,
Dont les apartemens tout brillans de dorures
Dés Octobre ont changé de nouvelles tentures;
Les rideaux de son lit sont à doubles contours,
Et tout l'hyver il porte un habit de velours;
Tandis qu'un pauvre Auteur épuisé par l'étude,
Sans habits, sans argent en cette saison rude,
Souvent est prêt d'aller, n'ayant ni feu ni lieu,
Prendre pour dernier giste un lit à l'Hôtel-Dieu.
Boissy, sans aller loin, avec tout son merite
N'étant pas plus aisé pour les vers qu'il debite,

Par le vent, par la pluye à pied de tout côté
N'est toûjours dans cet art qu'un Poëte croté.
Pourtant il écrit bien ; il fait des vers sans peine ;
En fournit à qui veut en donner pour étrenne.
Le premier jour de l'an je vois mille laquais
Chez les belles courir les porter à paquets,
Et comme des soleils ici toutes les Dames
Brillent dans ses rondeaux & dans ses Epigrammes ;
Mais *Jasmin* & *La Fleur* qni n'ont pas son talent,
Par tout où les envoye un genereux galant,
Préfenter un Sonnet qui flate & qui cageole,
Ce matin plusieurs fois ont reçû la piftole.
Qu'il vaut mieux être ici le valet confident
D'un charmant Officier, ou d'un Sur-Intendant ;
Que l'ami d'Apollon , & refter dans la craffe,
Comme on voit *Pelerin* gelé fur le Parnaffe ,
Que toûjours attaché , comme un malheureux Clerc ;
Sans feu, pour un fripon grifonner toût l'hyver !
Tandis que *Bémartin* recevra pour mes veilles
Jambons , Liévres, Chapons, vin d'Efpagne en bouteilles ;
Tout ce que la faifon a de prefens nouveaux :
Car fes Clercs affamez pour prix de leurs travaux,
Lors qu'il fe fait fervir fes étrennes friandes ,
Sont fervis de vin trouble , & de fades viandes.]
   Mon plaifir eft encor d'aller voir en ce temps
Les Marchands du Palais étaler des préfens.
Les Boutiques par tout de bijoux font parées ;
De luftres éclatans les Sales éclairées.
Tout brille , tout eft prêt, & l'avide Marchand
Ne fonge qu'aux moyens d'attraper de l'argent.

J'y vois venir le soir une affreuse cohüe
Dont seulement les uns se répaissent la vûë,
Et lors qu'en regardant ils vont le nez en l'air,
Les autres, l'œil au guet, examinent leur air.
Ainsi lors qu'un Badaut admire une poupée,
Un filou se prépare à voler son épée,
Tandis que la Marchande étourdit les passans,
A force de crier, *Garnitures, Rubans*,
Tout le galant détail des parures mondaines
Qu'Helene à quelque Abbé demande pour étrennes.
Le plaisir est qu'Helene adroite en son métier
A son amant transi ne fait plus de quartier,
Sçait profiter du temps, où l'argent se consume,
Où le Marchand connoît ce que vaut la coûtume.
Passe, si le filou, qui cherche à s'étrenner,
Ne vient pas l'achever aussi de rüiner.
Mais bien-tôt lors qu'il crie, *on m'a volé ma bourse*,
Je ris, & vers chez moi je prend vîte ma course.
    Les lanternes déja par d'utiles lueurs,
Pour mieux faire leurs coups, éclairent aux voleurs,
Et proche d'un grand feu, divisez par cohortes
Les paisibles Archers fument assis aux portes.
Quel temps ! il nege, il fait un terrible verglas,
Et le pied en marchant me glisse â chaque pas.
Les vents entre les toits fremissent en furie,
Il gele à pierre fendre, & la Seine charrie.
Le Bourgeois se renferme, & le pauvre aux abois
Pousse sur le pavé sa gemissante voix ;
Par tout par où je passe on n'entend que misere,
Et tout ce que le froid, & la faim luy suggere.

Touché du triste bruit de ses expressions ;
Je fais en m'en allant mille reflexions
Sur la difficulté des temps durs où nous sommes ;
Sur l'état different où naissent tous les hommes,
Le sort comble les uns, en naissant, de faveurs,
Accable au même instant les autres de rigueurs :
S'il veut, de deux laquais l'un rampe dans la boüe,
L'autre dans les Partis monte au haut de sa roüe.
Du Grec & du Latin la fortune se rit,
Et l'injuste jamais n'a d'égard à l'esprit.
Au prés d'elle toûjours de toutes les sçiences
        us favorisée est celle des finances,
C'est ce qui fait qu'on voit qu'un fripon dans Paris,
Un sot, un Artisan est de ses favoris ;
Ce n'est plus la *Verdure*, ou la *Fleur* qu'on le nomme,
C'est Monsieur De* * silence. Enfin c'est un autre homme.
Comme vient la fortune ! on naît gueux, & grossier,
On sert, & de Laquais on devient Financier.
Tel, qu'on voit qu'elle tire aujourd'huy de la lie,
Seroit aussi rampant que ce pauvre qui crie.
    Mais lorsque je m'amuse à reflechir ainsi,
Je me sens tout d'un coup par derriere saisi ;
A peine ay je le temps de penser qu'on me vole ;
Mon chapeau, ma perruque, & mon manteau s'envole.
A moy, je suis volé. Mais le vent est moins prompt ;
Mes filoux ont déja traversé tout le Pont,
Et moy seul dépoüillé je demeure immobile,
J'ay beau dire vingt fois ; ha la maudite Ville !
Devois-je aller si tard par l'Hôtel des Ursins,
Et ces détours l'hyver sujets aux assassins.

Je pefte , quand du coin d'une maiſon voiſine
Sur l'heure on crie , *au guet , au meurtre, on m'aſſaſſin*
Au guet. Bon , il ſe chaufe. Alors tremblant d'effroy
Je m'enfuis , & je r'entre hors d'haleine chez moy.
Encore trop heureux, que mon voleur honnête
M'ait ôté mon chapeau ſans me caſſer la tête.
Lors qu'échapé du coup je ſuis tranquille au lit ,
J'examine comment dans ce monde l'on vit ,
A combien de dangers dans ſa courſe incertaine
Eſt toûjours expoſée ici la vie humaine.
On ne voit à Paris que voleurs , que filoux ,
Et ce riche en caroſſe eſt le plus grand de tous ,
Luy qui dans le Barreau traine une longue robe ,
Tient pour gagné l'argent que ſans ceſſe il dérobe;
Toute la difference eſt qu'un voleur de nuit
Eſt malheureuſement à la Gréve conduit ,
L'autre de ſes grands vols tire cet avantage ,
Qu'on le croit honnête homme,& qu'on lui rend hommage.
C'eſt le renom qu'aura ce fourbe avec ſon bien ,
Un honnête homme au fond ne l'a pas, s'il n'a rien.
Ainſi donc va le monde ; au détour d'une rüe
Lors qu'un fripon me vole à Paris , ou me tüe ,
Mille autres à l'abry des Charges , des Brevets
Peuvent en ſeureté commettre cent forfaits ,
Sous le prétexte heureux des interêts du Prince
Vont par Commiſſion ravager la Province.
Dans les bois , à Paris , en tous lieux , tous états ,
Où l'homme enfin ſe trouve , il eſt des ſcelerats ,
Et lors qu'au Châtelet ſur une triſte claye
De gens aſſaſſinez le ſpectacle m'effraye. . . .

Mais n'en parlons plus, Muſe, & laiſſons les voleurs ;
Songeons plûtôt à rire, oublions ces malheurs.
　　Ce ſoir on dit *Phœbé* ; le gâteau ſe partage,
Les Rois à Bethléem vont rendre leur hommage.
Pour célébrer ce jour, par tout à haute voix
Le *Roi-boit* redoublé fait retentir les toits.
C'eſt à preſent le temps propre au belles parties ;
De Bals, & d'Opera, de jeux, de Comèdies
Où l'un & l'autre Sexe à tous ſes rendez-vous
Où tout accourt, enfin où ſe font les bons coups.
Où lors qu'on voit joüer mille farces nouvelles,
Il s'en paſſe en ſecret de bien plus naturelles.
En ees temps libertins le Sexe eſt ſans façon,
On ne diſtingue plus la chaſte, & la Lo. . . . .
Tout eſt de carnaval, tout eſt beau, rien d'infame,
La femme parle en homme, & l'homme court en femme,
Tartufe ſe deride, & ſa feinte pudeur
Levant le maſque enfin parle du fond du cœur ;
Le Moine aux-Cordeliers, la None en ſa clôture,
En tous lieux nôtre cœur eſt de même nature.
Vous ne voyez par tout que des *ſcapins* errans
Qui la bouteille en main ſe promenent chantants,
Vont au bruit d'une caiſſe, ou d'un tambour de baſque
Paſſer ſur le Pont neuf grimaçant ſous un maſque ;
Quel ſpectacle plaiſant que ce Bœuf étonné
De ſe voir un jeudy bizarement orné
Par des hommes que tient une antique manie
Conduit parmi la Ville avec cérémonie !
Lors donc que l'on he voit vêtus en Arlequins
Tout le jour folâtrer que les petits coquins ;

Toute la nuit les Grands reçoivent par brigades
Dans leurs Palais luſtrez d'illuſtres maſquarades,
La lanterne à la main avec ſon Corbillon.
L'Oublyeur court alors de maiſon en maiſon,
Des burleſques couplets qu'à grands cris il repete;
Renouveller la joye en tournant une aſſiete.
C'eſt un plaiſir de voir ces beuveurs chancellans
De qui la langue eſt begüe, & les regards brillans,
Et qui ne voyant goûte à force de lumiere
Vont tantôt en avant, & tantôt en arriere,
D'entendre raiſonner ces eſprits étouffez
De malignes liqüeurs qu'on boit dans les caffez.
C'eſt-là que quelquefois j'ay grand ſujet de rire.
C'eſt-là que pour le prix de ta belle Satyre,
Dacon, à ce qu'on dit, un jour d'un inſolent
Tu reçûs par le nez du caffé tout boüillant.
Mais l'on dit, grace au Ciel, que ce doux Mouſquetaire
Te fit boire ta faute en bornant ſa colere.
Heureux! Si dans ce temps pluſieurs qu'un mot, un ris
Y mettront en querelle en ſortent à ce prix.
    Enfin trois jours durant une licence entiere
Met la Ville en débauche, & l'Egliſe en priere.
Là de tous les côtez les Cabarets ſont pleins,
Icy l'on voit encor les images des Saints.
Le temps ſe paſſe ainſi, pendant que l'on publie
De grands declamateurs une liſte remplie.
La ſaiſon s'adoucit, déja l'aſtre du jour
Fait ſentir au Belier ſon aimable rétour.
Il degele, & par tout les neiges ſont fondües;
La Police s'attache à netoyer les rües.

Il fait de doux broüillards , & l'on voit des vallons
Les torrens dans les prez couler à gros boüillons.
La Riviere debacle , & ses ondes bruyantes
Entrainent dans leurs cours mille glaces flotantes.
Paris en mille endroits sur la fin de l'hyver
Paroît comme Venise au milieu d'une mer.
    On vient dés aujourd'hui de voiler les Images,
Les devots ont repris leurs austeres visages
Et les Cendres au front on va le Mercredy
Commencer à pleurer les crimes du Mardy.
On s'est déja fourni pour un mois de volaille,
On crie au déjeûner des Huitres à l'écaille.
Le Boucher desormais ne vend que pour les Grands ;
Et le peuple à la halle acheté des harangs.
Le Carême venu divise la journée
Et regle en apparence une vie effrenée.
La coûtume a voulu qu'on allât par devoir
Au Sermon le matin , à la Foire le soir ;
Qu'on pût, dés le matin entendant l'Evangile ,
Avoir le temps le soir d'aller rire avec Gile.
Par-là dans ce temps saint les jours entre-coupez
Tiennent diversement les hommes occupez :
Chacun fait son métier à l'envi l'un de l'autre ,
Et le Juif fait le sien encor mieux que l'Apôtre ;
On les voit dans leur art en des termes pressans
Tous deux prêcher l'un contre, & l'autre pour les sens ;
On s'efforce à la Foire aussi bien qu'à l'Eglise
A qui debitera le mieux sa marchandise :
L'un propose les Saints , mais d'un ton different,
L'autre prêche toûjours le vin de saint Laurent.

Jeûne, croix, abstinence endorment l'auditoire,
Caffé, Thé, Chocolat reveillent à la Foire.
Là le Danseur adroit fait des sauts perilleux,
L'Orateur fait ici des gestes merveilleux.
L'un & l'autre ébloüit les yeux par sa souplesse,
Et cet Abbé ne plaît que par sa politesse :
C'est par-là qu'il s'est fait dans Paris un grand nom,
Où, sans le beau langage, on se rit du Sermon.
Par cet art dans l'Eglise on gagne de hauts tîtres.
Tel qui prêche à la Cour songe aux mœurs moins qu'aux
    Mîtres :

Je l'estime, excepté qu'à son air charlatan,
Vous diriez qu'il seroit vendeur d'orvietan,
Qu'il veut par la cadence, & le tour de son stile
Ne faire qu'à l'oreille admirer l'Evangile.
En ce siecle poli, ce siecle du goût fin
On rit de voir prêcher un Pere Capucin.
L'Evangile annoncé d'un air Apostolique
Jadis touchoit les cœurs ; mais en ce temps critique
Le sexe a du mépris pour ces airs trop grossiers,
Il faut pour le toucher un Abbé de *Billiers*.
Ici même saint Pierre autant que ces bons Peres
Seroit sislé par tout s'il montoit dans nos chaires.
On l'envoyeroit bien-tôt avec son hameçon
Pêcher pour se Carême encore du poisson.
Personne ne voudroit l'entendre ni le croire.

    Il se fait tard. Bon Dieu, que de monde à la Foire
A peine puis-je entrer, quels cris ! que d'embarras !
Entrez, Messieurs, voilà cette femme sans bras.
Cet homme sans pareil, ce singe incomparable,
L'animal monstrueux, la machine admirable,

C'eſt ici que l'on voit quelque choſe de beau ,
Le grand Polichinel , & l'Opera nouveau.
Prenez place , Meſſieurs , voila que l'on commence.
Moy toûjours dans la preſſe en riant je m'avance
Et je vois mille gens en cercle s'amaſſer ,
Pour voir ſur une échelle un ſinge grimacer.
Par tout pour ſon argent on voit de tels miracles ,
Une tête de bois proferer des oracles ,
Et dire à demi-mot que les hommes ſont fous ,
Ce qu'ici franchement je puis dire de tous.
Pourſuivant mon chemin je ne perce qu'à peine
Le flux & le reflux du monde qui m'entraine ,
Et ſuivant mon eſprit critique & curieux
De Caffez en Caffez je promene mes yeux ,
Où par dehors à voir, chaque Limonadiere ,
Je penétre à peu prés ce que l'on fait derriere ;
A ne voir que leurs yeux, & leur air effronté
On y vend autre choſe encore que du Thé.
Pour leur nom , je l'ignore , & ma dent ſatyrique
A quelque horreur du nom d'une femme publique.
   Quel commerce nouveau ſe fait ici plus bas !
Quels mots ! qu'il paſſe dix , va qu'il ne paſſe pas.
J'ai ſeize , & moi j'ai rafle, à ce divers langage
Que le ſort eſt plaiſant ! l'un tire & l'autre enrage :
Il eſt ſurpris , il réve , emporté de fureur
Fait mille juremens , déplore ſon malheur
Tout le choque, il s'en prend même à moi qui regarde ,
Sans hazard veut joüer ſon argent qu'il hazarde.
Les Dez ſont à ſes yeux trop petits ou trop gros,
Parce qu'il a perdu les Dez ont cent défauts.

De la perte qu'il fait le cornet est coupable ;
Il vous le jette en l'air, & les Dez sous la table.
La *Thiboust* n'en a plus d'autres à luy donner,
Il en veut toutesfois qui le fassent gagner,
Ou bien, la bourse vuide, en sortant de chez elle
Vous le verrez bien-tôt lui faire une querelle,
Dire que sa Boutique est de tous les filoux
A la Foire le soir un fameux rendez-vous.
    Mais de chez les *Foucaut* on crie, *arrête*, *arrête*;
De là part un filou, comme un trait d'arbalête ;
Vingt dupés aprés lui le chargent en courant,
Il se perd à travers de la foule qu'il fend.
Quand depuis chez *Orient* jusques chez *La Frénaye*
A l'éclat de l'épée on s'écarte, on s'effraye,
Soudain la cloche sonne. un risible courroux
Fait pour un Dé douteux armer deux jeunes fous.
Dans la chaleur du jeu leur cerveau se démonte ;
Leur cœur s'échauffe moins par valeur que par honte.
L'un reste sur le champ, l'autre s'enfuit blessé.
Lors qu'on ne sonne plus, que le trouble est cessé,
Pour mettre le holà, quelques timides gardes
Osent enfin paroître avec leurs halebardes,
Et surpris, comme moi sans aucun interêt,
Vont au premier venu demander ce que c'est :
Et de chez *La Frénaye* il vient chez la *Malherbe*
De joüeurs distinguez une bande superbe.
C'est-là que la joüeuse entre avec son joüeur,
Qu'en moi-même je ris des foiblesses du cœur.
Lais est éclatante, & pompeuse en coëfure,
Narcisse fait le beau, brille par sa parure

Il rit, fait l'agréable, & d'un ton Dâméret

Il s'écrie aux beaux coups qu'en joüant elle fait;

Sa tête fait floter ses cheveux par derriere,

Il tire à tous momens sa belle tabatiere,

Il joüe un éventail, une écharpe, des gands,

Des bijoux à la mode, & des nœuds de rubans.

　　Enfin c'est aujourd'hui qu'entre le Roi de gloire ;

Que Jerusalem s'ouvre, & qu'on ferme la Foire.

Les Juifs vont sous ses pas étendre leurs manteaux,

Les Chrétiens à la main portent tous des rameaux,

Pour nous le Souverain se donne en sacrifice,

A peine on sort des jeux pour aller au service.

　　Mais on vient de prêcher que *tout est accompli* ;

On annonce aux pecheurs leur salut rétabli.

De la terre & du ciel la paix est r'affermie.

Tous les Chœurs ont chanté le triste Jeremie :

De ses sacrez soûpirs la *Cheret* à trois fois

Pour divertir Paris fait rétentir sa voix,

Et dans trois payemens, par ces concerts célébres ;

L'Assomption reçû ses rentes de tenebres.

Heureusement forti d'un temps qui l'ennuya

Le Chanoine avec joye entonne Alleluya.

Le Curé ce matin prône un nouveau miracle ;

Et chez eux le jambon fait un nouveau spectacle.

　　Ainsi donc tous les ans on passe la saison,

La coûtume prévaut sur la Religion.

Les hommes sans songer à la Croix, à la Crêche ;

A tout ce que l'Avent, & le Carême on prêche,

Ou comme les oiseaux attendre les Zephirs,

Goûte durant l'hyver tous les plus doux plaisirs.

Le Carême à la Foire il n'est rien que l'on n'ose,

On joüe, on jure, on boit, on fait bien autre chose.

Ce saint temps qui ne vient que pour changer nos cœurs

On le prend comme un autre, il empire les mœurs.

Hors que le Carnaval précède le Carême,

Jours de jeûne, ou jours gras, c'est toûjours tout de mêm

Nos Peres devenus pires que nos Ayeux,

Aujourd'huy nous font naître encor plus vitieux.

O Toy, qui quand tu veux, peux lancer le tonnerre

Tu souffres trop long-temps nos desordres sur terre.

Quoy, l'homme étoit-il pire au déluge des eaux ?

J'ay moy-même en peignant horreur de mes tableaux.

Si tu te répentis d'avoir créé les hommes,

Que devrois-tu penser de ce siecle où nous sommes ?

Non, tu t'es revêtu de nos infirmitez

En faveur d'un néant rempli d'iniquitez,

Et je suis confondu, quand à l'aspect du vice ;

Je vois que ta bonté desarme ta justice,

Que tu quittes ton foudre, & que le genre humain

Par ses crimes toûjours te le met à la main.

Mais à quoy bon aller, en quittant la Satyre,

Faire aussi des Sermons dont on ne fait que rire;

La Rüe a beau tonner, menacer de l'enfer,

Paris en est ému comme d'un conte en l'air.

Heureux ! si quelque jour ma peinture naïve

Sur ses crimes rendoit cette Ville attentive.

Permis d'imprimer. Fait ce 14. *Janvier* 1700. *Signé*
D'ARGENSON.